SAMMY
THE DUMP TRUCK

SAMMY
EL CAMIÓN VOLQUETE

by Nancy Weitzel
illustrated by Joyce Oroz
A Bilingual Children's Story translated by Teresa Mlawer

MINDSTIR MEDIA

Published by Mindstir Media, LLC

1931 Woodbury Ave. #182 | Portsmouth, New Hampshire 03801 | USA

1.800.767.0531 | www.mindstirmedia.com

Printed in the United States of America

ISBN-13: 978-0-9979788-8-9

Library of Congress Control Number: 2016918017

The author wishes to recognize the support
and encouragement of her family and friends,
to help bring Sammy to children everywhere.

La autora desea reconocer el apoyo y estímulo
recibidos por parte de su familia y amigos,
pues gracias a ellos ha podido llevar a Sammy
a niños en todas partes.

For my sons, Dalton and Garrett
A mis hijos, Dalton y Garrett.

There once was a sturdy old dump truck named

Sammy. He lived near the ocean, surrounded

by sea breezes and the sound of seagulls

soaring over the water.

Había una vez un viejo y fuerte camión volquete

llamado Sammy. Vivía cerca del océano, rodeado

de la brisa del mar y del sonido de las gaviotas

que sobrevolaban el agua.

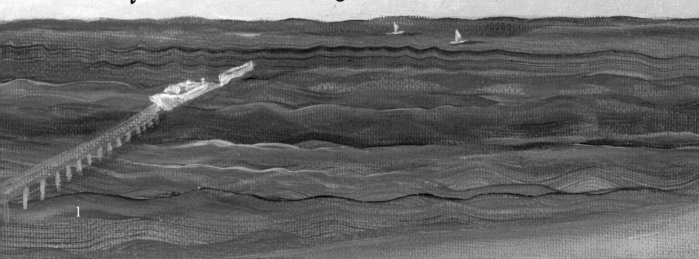

Sammy stood fifteen feet tall and was painted bright yellow, just like the sun. He had huge black tires that gently cradled his giant dump bed.

Sammy medía quince pies de altura y estaba pintado de amarillo brillante como el sol. Sus llantas, negras y grandes, acunaban suavemente su volquete.

4

He was older than most working dump trucks, but

Sammy worked harder than all the newer trucks put

together.

Tenía más años que la mayoría de los otros volquetes,

pero hacía más trabajo que todos los camiones más

jóvenes juntos.

Every day the truck drivers waited anxiously, hoping to

be able to work with Sammy. It was a special privilege

to get to drive him. The good-natured drivers all

knew that Sammy was the hardest-working dump truck

around.

Cada día, los camioneros esperaban ansiosos poder

trabajar con Sammy. Era un privilegio especial poder

conducirlo. Todos sabían que Sammy era el volquete

más trabajador.

Sammy went to work every day. He toiled all day, lifting

and moving heavy dirt and sand to help make new roads,

buildings, playgrounds, and schools.

Sammy iba a su trabajo todos los días y se esforzaba

alzando y transportando pesadas cargas de tierra

y arena para construir nuevos caminos, edificios,

parques de recreo y escuelas.

When the five o'clock whistle blew at the end of the day,

all the other dump trucks went home. They were all

worn-out, and eager to get home to relax.

Cuando el silbido sonaba a las cinco de la tarde dando fin

a la jornada de trabajo, todos los volquetes regresaban

a sus casas agotados, deseando descansar.

12

But not Sammy. When the whistle blew, Sammy didn't go home. Instead, he headed down to the sea-shore at the edge of town. When he reached the beach, he scooped up a great big load of sand into his dump bed.

Pero Sammy, no. Cuando el silbido sonaba, Sammy no se iba a su casa. Por el contrario, se dirigía a la orilla del mar, a las afueras del pueblo. Cuando llegaba a la playa, recogía una buena carga de arena y la echaba al camión.

14

When it was full to the very tip-top, Sammy delivered

the sand to the neighborhood playgrounds, parks, and

schools. Each evening, he chose a different place to

deliver the sand.

Una vez lleno el camión hasta el tope, Sammy repartía la

 arena por los parques y escuelas del barrio. Cada tarde,

elegía un lugar diferente donde entregar la arena.

On Monday, when he got to the first playground, he

dumped a load of soft, white sand under the swing set.

That way, if the children fell down when they were playing,

they would land on a pillow of thick sand.

El lunes, cuando llegó al primer parque infantil dejó

caer un montón de arena, suave y blanca, debajo de los

columpios. De esa manera, si los niños se caían al jugar,

por aterrizarían en un suave almohadón de arena.

Sammy was a smart and thoughtful dump truck.

He knew that if the children fell on the soft cloud

of white sand, they would not get hurt.

Sammy era inteligente y responsable. Sabía que

si los niños caían en una blanda nube de arena,

no se lastimarían.

20

All week long, Sammy went back and forth to the beach

for many hours to bring a fresh load of soft, white sand

to all of the playgrounds, parks, and schools in town.

Toda la semana, Sammy hizo varios viajes a la playa

durante muchas horas para llevar arena suave y blanca

a todos los parques de recreo y escuelas del barrio.

PARK

22

The children had a special way of thanking Sammy for his

 generosity and hard work. At the end of each week,

they brought buckets and pails and sponges and soapy

water from their homes.

Los niños tenían una manera especial de darle las gracias

a Sammy por su generosidad y su trabajo. Al final de

cada semana, traían de sus casas esponjas,

cubos y baldes con agua y jabón.

SAMMY

24

Then they all set to work—washing and cleaning the dirt and sand off of him. Sammy giggled as they washed him, because sometimes it tickled his sides.

Entonces se ponían a trabajar: lo lavaban para quitarle la tierra y la arena acumulada en su carrocería. Sammy se reía cuando le frotaban los costados porque le hacían cosquillas.

At the end of the day, when the children were finished

scrubbing him, Sammy was so clean that he was

as shiny as a brand new penny.

Al final del día, cuando los niños terminaron de lavar a

Sammy, se veía tan limpio que parecía una reluciente

moneda nueva.

28

Sammy loved the children and felt very grateful as he

thanked them for taking such good care of him. Washing

him until he sparkled was their way of telling Sammy

that they loved him too.

Sammy quería mucho a los niños y estaba muy agradecido

por lo bien que lo cuidaban y lo mucho que apreciaban

su trabajo. Los niños, por su parte, le mostraban su

afecto, lavándolo hasta dejarlo resplandeciente.

Once again, Sammy was bright and clean and ready to start a brand new week. The children waved to him as they headed back to their homes for dinner.

Una vez más, Sammy estaba listo para descansar y comenzar una nueva semana de trabajo. Los niños se despidieron de él hasta la próxima semana y regresaron a sus casas a cenar.

Sammy was tired but content. He yawned and stretched his weary sides as he settled down for the night. Soon he was fast asleep, dreaming of the kind-hearted children and the seashore.

Sammy se sentía agotado pero a la vez feliz. Bostezó y estiró su cansado armazón antes de retirarse a descansar. En poco tiempo se quedó profundamente dormido y soñó con sus bondadosos amigos y la suave brisa del mar.

CPSIA information can be obtained
at www.ICGtesting.com
Printed in the USA
BVXC01n0728070317
477822BV00014B/119

* 9 780999 978889 *